SANDRA NELSON

ILLUSTRATIONS DE
SÉBASTIEN PELON

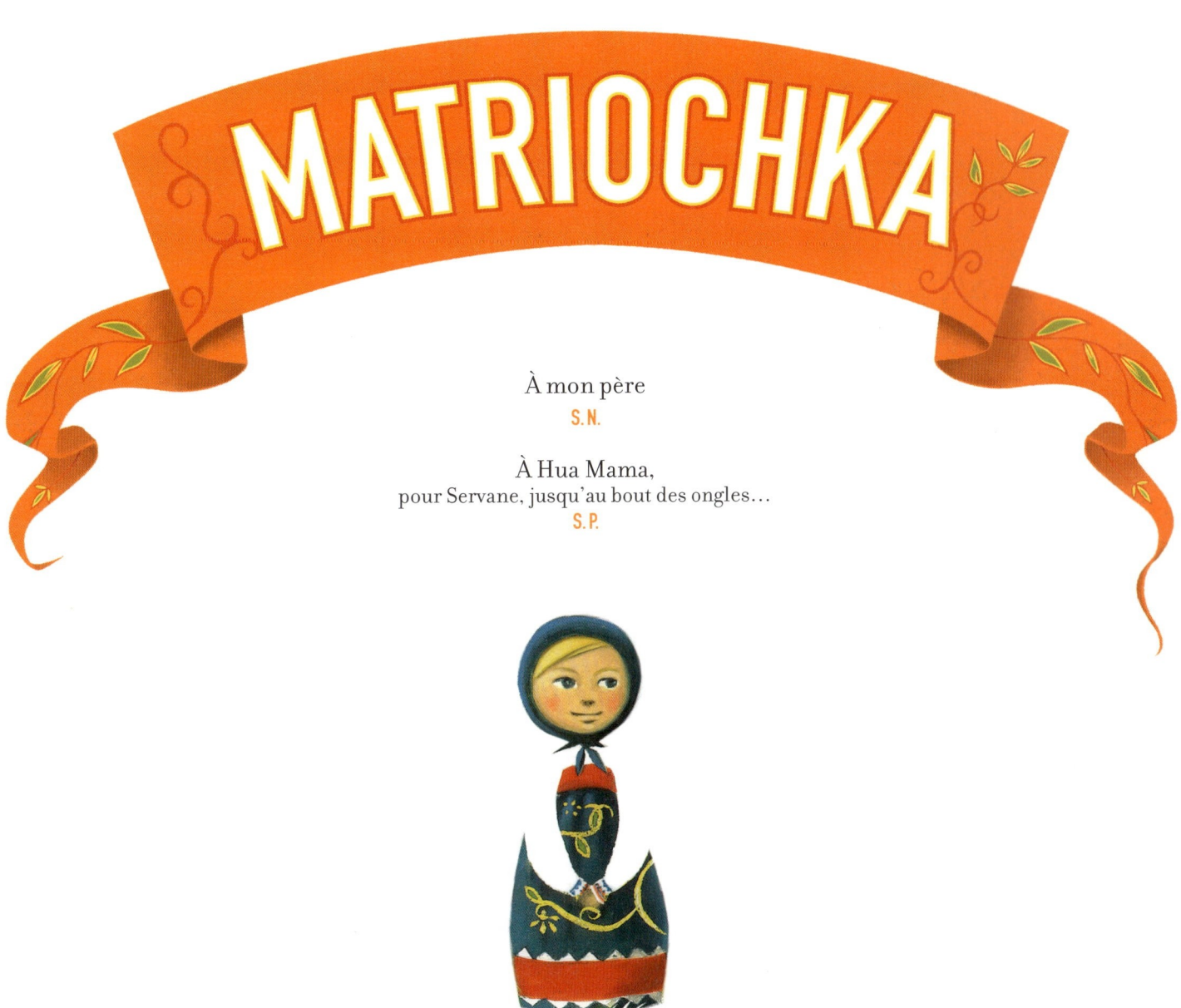

MATRIOCHKA

À mon père
S. N.

À Hua Mama,
pour Servane, jusqu'au bout des ongles…
S. P.

Père Castor ● Flammarion

© PÈRE CASTOR FLAMMARION, 2009
WWW.EDITIONS.FLAMMARION.COM
87, QUAI PANHARD-ET-LEVASSOR – 75647 PARIS CEDEX 13
DÉPÔT LÉGAL : OCTOBRE 2009 – ISBN : 978-2-0812-1914-4 – N° D'ÉDITION : L.01EJDN000288.N001

Au nord-est de Moscou,
dans la forêt de Semenov,
vivaient Ivan et Natacha,
modestes moujiks, et leurs cinq filles.
Aussi belles que douces,
elles s'entendaient à merveille
et ne se quittaient jamais.
D'une ressemblance saisissante,
seule leur taille successive les distinguait.

Chaque fille possédait un don particulier :
Katérina, l'aînée, cuisinait des plats délicieux.
Anna, la seconde, avait une voix enchanteresse.
Marina, la troisième, cousait et brodait à la perfection.
Tatiana, la quatrième, lisait dans les pensées.
Quant à la cinquième, Véra, elle était championne d'échecs.

Un jour, Ivan et Natacha leur annoncèrent une bien triste nouvelle :
– Mes chers enfants, la récolte a été détruite par la grêle.
Nous n'avons plus rien à manger : plus un bout de lard,
plus un bol de soupe, plus un bout de pain.
Katérina doit aller travailler chez Baba Yaga.

Les filles poussèrent ensemble un cri d'effroi :
– Non !
Et elles se jetèrent dans les bras l'une de l'autre.

Baba Yaga était l'horrible sorcière qui habitait de l'autre côté de la rivière,
dans une petite isba montée sur quatre pattes de poule.
Cette ogresse aimait par-dessus tout dévorer des petites filles pour son dîner.

Natacha rassura Katérina tant bien que mal :
– Ne crains rien, ma fille.
J'ai fabriqué une poupée qui a ton visage, trait pour trait.
Tant qu'elle sera avec moi, elle te défendra.
Petite poupée, petite poupée, mon enfant tu dois protéger,
chantonna Natacha, avant de la poser sur la cheminée.

Les quatre sœurs protestèrent mais la courageuse Katérina se résigna :
– J'irai dès demain chez Baba Yaga.

Les sœurs passèrent la nuit à pleurer, se consoler, puis pleurer à nouveau.
Elles n'avaient jamais été séparées
et ne pouvaient imaginer d'abandonner leur aînée.

L'aube approchait et Véra, la plus jeune, eut une idée :
– Si tu dois aller chez Baba Yaga, nous venons avec toi.
Nous pourrons t'aider si elle veut te manger comme un poulet !
Cachons-nous sous ta robe.

Et Véra se cacha sous Tatiana, qui se cacha sous Marina,
qui se cacha sous Anna, qui se cacha sous Katérina.

Katérina et ses quatre sœurs ainsi invisibles
arrivèrent près de l'isba de Baba Yaga.

La sorcière était encore plus terrifiante qu'elles ne l'avaient imaginée.
Elle avait des dents pointues, le nez crochu et une voix aiguë :
— Ah te voilà ! dit l'ogresse. J'ai du travail pour toi.
Nettoie mon isba et prépare-moi un bon repas.
Je serai de retour avant la nuit tombée :
Par le froid et par la pluie,
Par le grand vent de minuit,
Si tout n'est pas bien rangé,
Oui, da, je te mangerai.

Tremblant de peur, les sœurs se dépêchèrent de balayer, nettoyer, ranger,
tandis que Katérina préparait sa spécialité : un bortsch avec de la betterave,
de la viande et du chou, puis une vatrouchka au fromage blanc truffé de raisins secs.

Baba Yaga rentra plus tôt que prévu car elle avait très envie de croquer la petite fille.
Mais quand elle découvrit que tout était rangé et que son repas était prêt,
elle se contenta de dire :
– Ce repas est délicieux. Je n'ai plus faim. Je te mangerai demain.

En entendant ces mots, les sœurs firent : « Oh ! » en chœur.
Mais Baba Yaga, qui avait dévoré tout son plat, dormait et ronflait déjà.

Le lendemain, Baba Yaga ordonna à Katérina
de lui confectionner un manteau couleur de la mer :
— Je veux des broderies avec toutes les teintes
 du bleu, du plus clair au plus foncé.
Si tu en oublies une seule, gare à toi !
Et dépêche-toi, tout doit être prêt avant la nuit :
Par le froid et par la pluie,
Par le grand vent de minuit,
Si tout n'est pas bien brodé,
Oui, da, je te mangerai.

Tandis que les sœurs balayaient, nettoyaient
et rangeaient, Marina se mit à l'ouvrage.
Cette fois, convaincue que la fillette n'aurait pu achever son travail,
Baba Yaga se lécha les babines.

Mais quand elle entra, elle découvrit un manteau scintillant
aux multiples reflets bleutés :
— Je n'ai jamais vu de si belles broderies, dit Baba Yaga,
très embêtée de ne pouvoir faire rôtir la petite fille.
Je te dégusterai demain, quoi qu'il arrive !

Et furieuse, la sorcière alla se coucher.

Pendant ce temps, Natacha, ayant découvert
la disparition de ses autres filles,
confectionna quatre autres poupées
qu'elle plaça à côté de celle de Katérina.
— *Petites poupées, petites poupées,*
Mes enfants vous devez protéger,
chantonna-t-elle une nouvelle fois.

Le lendemain, Katérina prépara les plats les plus merveilleux,
avec l'espoir que Baba Yaga changerait d'avis.
Mais la sorcière, bien décidée à manger la petite fille,
après avoir tout avalé, lui dit ceci :
– Viens ici.

Soudain, une douce voix, sortie du fond de Katérina,
se mit à fredonner une très belle chanson :
– *Tourne la Grande Ourse, tourne la Petite Ourse.*
Il n'y a pas de nuit sans matin,
*Le soleil reviendra demain.**

Anna chanta si bien que même Baba Yaga fut émue.
Elle pleura si fort que l'isba se mit à trembler
et à tourner sur elle-même.

* Didier Rimaud, *Berceuse russe*

C'est alors que Tatiana lut dans les pensées de Baba Yaga :
« Quand j'étais tsarine, j'ai été bannie car je n'ai pu donner la vie.
Un sort m'a changée en sorcière et condamnée à la vie infinie.
Le maléfice disparaîtra quand un enfant, aux échecs, me vaincra.
Mais nul enfant n'est plus malin que moi, et ce jour-là n'arrivera pas. »

Tatiana répéta mot pour mot ce qu'elle avait lu
dans les pensées de la sorcière.
Et la rusée Véra proposa à Baba Yaga une partie d'échecs :
– Si tu me bats, tu me manges.
Si je te bats, tu me donnes ta fortune.

– Ma fortune ? répéta Baba Yaga en ricanant. C'est impossible !
Je vais te battre immédiatement. Ce ne sera pas amusant.
Mais si c'est ta dernière volonté avant d'être avalée,
tu peux préparer l'échiquier.

Baba Yaga, qui avait une très mauvaise vue, ne réalisa pas
qu'une troisième main sortait de la robe de Katérina.
Véra se concentra tant et si bien qu'elle battit la sorcière.

La tsarine fut alors libérée de son sortilège
et redevint une belle jeune femme.
Elle donna aussitôt sa fortune aux cinq sœurs
qui rentrèrent chez elles saines et sauves,
à la grande joie de leurs parents.

En souvenir, Natacha offrit ses poupées à la tsarine :
– Confie-leur ton vœu le plus cher et tu seras exaucée.

La tsarine, qui, en retrouvant sa beauté, avait perdu sa richesse,
se maria avec un jeune paysan.
Et son rêve le plus précieux se réalisa :
ils eurent une fille, Matriona.

Ses parents la surnommaient affectueusement Matriochka.
L'enfant avait pour seuls jouets les poupées gigognes
dont elle ne se séparait jamais.

Devenue adulte, elle se mit à en fabriquer.
Elle leur donna son nom et depuis,
les poupées Matriochka symbolisent la fertilité,
et sont aimées des enfants du monde entier.

IMPRIMÉ EN SEPTEMBRE 2009 PAR POLLINA S. A.(FRANCE) – L51165
LOI N° 49-956 DU 16 JUILLET 1949 SUR LES PUBLICATIONS DESTINÉES À LA JEUNESSE